I0639133

Yf 10ʃ88

LES ADIEUX
DU GOUT,
COMÉDIE

En un Acte & en Vers ;

AVEC UN DIVERTISSEMENT,

Repréſentée pour la premiere fois par les Comédiens François, Ordinaires du Roi, le Mercredi 13 Février 1754.

Scribendi rectè ſapere eſt & Principium & Fons.
Horat. Art. Poet.

Le prix eſt de 24 ſ. avec la Muſique.

A PARIS,

Chez DUCHESNE, Libraire, rue S. Jacques, au-deſſous de la Fontaine Saint Benoît, au Temple du Goût.

M. DCC. LIV.

Avec Approbation & Permiſſion.

AVERTISSEMENT.

L'AMOUR des chofes folides &
de la faine Littérature a réuni feul
nos idées & nos fentimens. C'eft
aux Perfonnes d'un mérite recon-
nu, à ces hommes rares, qui font
aujourd'huî l'honneur de la Na-
tion & les foutiens du Goût expi-
rant, à décider de la valeur de
cet Ouvrage. C'eft à eux à pro-
noncer fi, malgré notre jeuneffe
& la foibleffe de nos talens, nous
avons rempli avec fuccès une car-
riere auffi belle. Senfibles autant
que nous le devons aux éloges du
Public, nous nous ferons toujours
gloire de profiter de fes critiques
fages & réfléchies. Qu'il nous foit,

A ij

permis feulement de faire peu d'attention à certains reproches vagues que l'on nous a faits fur la Scene Italienne , dans une Piece qui n'a pas mal réuffi à parodier le titre de la nôtre. On a jugé à propos de rétablir à l'impreffion une Scene d'Uranie , & quelques morceaux détachés qui n'ont point paru propres au Théâtre. Trop in-dulgens peut-être pour nos moin-dres productions , nous avons cru que la lecture pourroit n'en être pas défagréable.

La Scene d'Uranie eft placée après le Diver-tiffement. Les Vers inférés dans le corps de l'ou-vrage , & qui n'ont point été recités ; font mar-qués avec des guillemets.

ACTEURS

LE GOUT.   M. de la Noue.

MOMUS, en Petit-Maître.   M. Granval.

CLIO, Muse de l'Histoire.   Mlle. Brillant.
                                              ou Me. Préville.

ERATO, Muse de la Galanterie. Mlle. Lavois.

EUTERPE, Muse de la
Musique.   Me. Drouin.

TERPSICORE, Muse
de la Danse.   Mlle. Riquet.

MELPOMENE, Muse
de la Tragédie.   Mlle. Dumesnil.

THALIE, Muse de la
Comédie.   Me. Granval.

Personnages muets. { CALLIOPE, Muse de l'Eloquence, & du Poëme Epique. POLYMNIE, Muse de la Rhetorique. } Deux Danseuses.

A iij

URANIE, Muse des hautes
  Sciences.
CALISSON, Bouffon Italien. *M. Dubois.*

PLUTUS, Dieu des
  Richesses, Intendant du
  Faux-Goût. *M. Deschamps.*

UN MUSICO de la
  Cour de Plutus. *M. Préville.*

COURTISANS de Plutus.

DANSEURS & DANSEUSES.

La Scene est à Paris.

LES ADIEUX

DU GOUT,

COMEDIE.

SCENE PREMIERE.

LE GOUT *arrivant à Paris.*

U' A I - J E entendu ! Quels maux a caufé
   mon abfence !
Paris , qui fi long-temps fuivit mes éten-
   dards,
Se feroit donc fouftrait à mon obéiffance ;
      Et n'offriroit à mes regards
      Que la funefte décadence
      Et des talens & des beaux Arts !
Le faux Goût , ce rival que la Province encenfe,
A donc enfin féduit mes plus chers favoris ;
Il n'eft donc plus de lieux foumis à ma puiffance !

A iv

Le mauvais ton vainqueur triomphe dans Paris,
Et fait germer dans les esprits
Son orgueil & son ignorance !
N'est-il point de remede à ce grand changement !
Ne puis-je par mon influence
Dissiper des Mortels le triste aveuglement ?
Espérons tout de ma présence.

SCENE II.

LE GOUT, MOMUS.

MOMUS *d'un air leste.*

QUEL est cet Etranger ! Oh, son air trivial
M'annonce un franc Provincial.

LE GOUT *le considérant.*

Seroit-ce bien, Momus ? Non ... Momus, Petit-
Maître. ...

MOMUS.

Il me nomme, je crois : d'où peut-il me connoître ?

LE GOUT.

Je vous ai cru Momus : excusez mon erreur.

MOMUS.

Vous ne vous trompez point ; bon-homme, c'est
moi-même.

LE GOUT.

Qui, vous Momus !

MOMUS.

Oui, moi : moi, d'honneur ; en honneur.

LE GOUT.

Je ne puis le cacher, ma surprise est extrême.

MOMUS.

A cet air empesé, ce langage important,
Je reconnois le Goût ; je dis ce goût vulgaire,
Qui jadis parmi nous fut le seul dominant ;
Raisonné, disoit-on, mais si lourd, si pesant !
  Qui déja sur tout l'hemisphere
  Croyoit son regne florissant ;
Mais dont le goût du rien a vaincu la chimere,
Et dont tout aujourd'hui reconnoit le néant.
Te voilà dans Paris ? Que diable y viens-tu faire ?

LE GOUT.

Reprimer les écarts de ce siecle léger ;
Instruit de ses abus, je les viens corriger.

A v

MOMUS.

Tu t'y prends un peu tard ; quitte cette entreprise :
On n'aime plus ici le ton reformateur.
Etre fou n'est point une erreur,
Et blâmer est une sottise.

LE GOUT.

Que dites-vous , Momus ?

MOMUS.

Croi-moi , change d'objet ;
Voltiger, folâtrer , c'est là notre partage :
L'esprit comme le cœur est coquet & volage ;
Au lieu de t'arrêter à ton grave projet ,
A ton heureux rival toi-méme , rends hommage,
Et si tu veux regner fois son premier sujet.

LE GOUT.

Moi son sujet ? Momus , quittez la raillerie ,
De ce lâche rival quelques soient les progrès ,
Je ne redoute point de frivoles succès.
Je veux guérir les maux où languit ma Patrie ;
Et par mon utile secours ,
Du faux goût triomphant saper le culte impie ;
De son torrent rapide interrompre le cours ,
Arracher les Mortels à leur idolâtrie ,
Et du siecle passé ramener les beaux jours.

MOMUS.

Du grand ! du beau ! Je t'en assure ;

Vaste projet, bien concerté !
Le tout envain : c'est une cure
Que rateroit la faculté.

LE GOUT.

Non : j'en augure mieux ; ce n'est qu'un vain délire.
Mais toi-même, Momus, as-tu donc oublié
Que les Dieux ici bas ne t'avoient envoyé
Que pour le dissiper par ta vive satyre ?
Eh bien, unissons-nous : il faut que tout conspire
A renverser l'idole & ses adorateurs :
A mes doctes leçons, à celle des neuf sœurs
Viens joindre le flambeau de la saine critique ;
Viens, partage avec moi les solides honneurs
D'arracher les François d'un sommeil létargique,
Et d'avoir fait rougir Paris de ses erreurs.

MOMUS.

Faire rougir Paris ! Le plaisant stratagême !
Outre qu'on rougit peu, croi-moi, depuis long-temps
Le poids du ridicule est tombé sur toi-même ;
Et tu veux corriger les gens extravagans !

LE GOUT.

Oui, je le veux

MOMUS.

Non : je t'entends :
Tu veux plutôt que je partage
Les mépris du Public, aulieu de son encens ;
Mais je suis devenu plus sage

A vj

Et me plier au goût du temps
Sera deformais mon usage.

LE GOUT,

Mais Momus autrefois....

MOMUS.

Ah ! Momus , autrefois. . . ?
Cela sent son vieillard qui tombe dans l'enfance.
Eh bien , rappelle-moi mes antiques exploits ;
Je ne me souviens plus de ma vieille existence.

LE GOUT,

Faut-il te rappeller ce tems , cet heureux tems
Où du sage Boileau tu conduisois la plume ,
Où j'aimois à te voir , défenseur des talens ,
Accabler les Cotins sous mille traits plaisans ,
Et répandre contre eux ton utile amertume ?
Alors au bien public consacré librement. . . .

MOMUS *l'interrompant.*

Envain contre nos mœurs ton orgueil se récrie:
Quand tout est renversé raisonner est folie :
Le goût n'est plus notre élément.
A ton rival vainqueur tu veux livrer la guerre !
Mais par où commencer ? Dans quel cercle , en
quels lieux
Distiller contre lui ton fiel fastidieux ?
As-tu quelque reduit ? Connois-tu quelque sphere
Où l'on écoute encor tes propos ennuyeux ?
Lui seul regne par-tout d'un succès glorieux.

Par-tout son audace est suivie :
Aidé de la vive saillie,
Il enchaîne les cœurs, il fascine les yeux ;
Il est le charme de la vie.
Mais toi, dont la triste manie
Veut regler au compas les plaisirs & les jeux,
Tu ne connus jamais la bonne Compagnie.
Qu'aimes-tu ? La sincérité ;
Nous sommes faux : mais la prudence
Est mere de la fausseté.
Ton uniforme vérité
Dont tu nous vantes l'excellence
Valut-elle jamais cette variété
Que jette en nos discours l'aimable médisance ?
De la piquante nouveauté
Nous ne suivons plus que les traces,
Et nous aimons mieux le clinquant & ses graces
Que ton insipide beauté.
Tu nous vantois jadis ce Palais enchanté,
Ce superbe jardin, où la belle nature,
Malgré l'éclat de sa parure,
Reunit la grandeur & la simplicité :
Nous sommes las enfin de tant de dignité
Envain le NOTRE, ton éleve
Etale dans ce lieu les secrets de son art ;
Notre inconstance nous enleve
Et nous conduit au Boulevart.
Là que d'objets charmans attachent notre vûe !
Des marais, des moulins s'offrent de toute part :
Des groupes de Bûveurs que l'on passe en revûe,
Séjour voluptueux, plaisir pur & sans fard ;
Quoique le fantassin y crêve tôt ou tard
Et de poussiere & de cohue.

LE GOUT.

De qui parles-tu là ? de ces fous dont jamais
Dans les tems les plus beaux je n'ai reçu l'homage,
Dé ce monde stupide, inquiet & volage ?
Pour connoître le goût telles gens sont-ils faits ?
Non, j'irai dans Paris interroger vos Maîtres,
Vos savans Orateurs, vos Poëtes fameux ;
   Il en est sans doute en ces lieux
Que l'on voit suivre encor les pas de leurs ancêtres.

MOMUS.

Où sont-ils ?

LE GOUT.

La Province en nomme parmi vous

MOMUS.

La Province le dit : oh la Province est sure.

LE GOUT.

J'en entendois citer deux ou trois . . .

MOMUS.

      Entre nous,
Tu juges les Auteurs sur la foi du Mercure.
On écrit j'en conviens : c'est même une fureur,
Mais tout jeune Ecrivain qui suit le bel usage
Sur le plus grave objet vous répand cette fleur,

Ce miel , ce suc du persifflage :
Style coupé , nulle longueur ,
Mille antithefes fémillantes ,
Point de ces phrafes éloquentes
Qu'on voit dans tes écrits attacher le lecteur.
Sans doute on inftruit moins , mais on plaît davan-
  tage :
De petits mots & des portraits
De nos femmes Docteurs entraînent le fufrage ;
Pour la poftérité nous fefons peu de frais ,
  Mais on nous aime, on nous cajole ,
  Peut-être l'avenir jaloux
Ne confirmera point nôtre fuccès frivole ,
  Mais nous aurons vecu pour nous.

LE GOUT.

  Momus , vous outrez la matiere
Les Mufes ont encor de vrais adorateurs ...

MOMUS.

Il faut fur ton abfence excufer tes erreurs :
Le torrent du Parnaffe a rompu la barriere
Ton empire eft détruit dans le facré vallon :
  Par une fage politique
Les Mufes ont fuivi la déroute publique ;
Sous tes Loix , la mifere affiegeoit leur grand nom,
Mais pour fe rengraiffer la troupe famélique
A remis au faux goût la Lyre d'Apollon.

LE GOUT.

Se peut-il ...

MOMUS.

Tes difcours laffent ma patience . . .
Si tu feins de douter, pour te convaincre mieux
Je vais les conduire en ces lieux.
Amufons-nous tous deux à tenir la féance.
Mal à propos peut-être un refte de refpect
Les fera quelque tems rougir à ton afpect,
Mais elles reprendront bientôt leur impudence.

Il fort & va chercher les Mufes.

SCENE III.

LE GOUT *feul.*

MOmus diroit-il vrai ? non, quoique les mor-
tels
A ce goût féducteur accordent la victoire,
Les Doctes filles de mémoire
N'auront point fans retour deferté mes Autels.
Hélas ! d'un rayon d'efpérance,
Mon efprit eft encor frapé :
A plaifanter fur tout Momus eft occupé :
Peut-être a-t'-il groffi les malheurs de la France !
Que je voudrois qu'il m'eût trompé !

SCENE IV.

LE GOUT, MOMUS, ERATO, CLIO.

MOMUS, *parlant dans la coulisse.*

VENEZ, Muses, venez. Voici vôtre ancien
    Maître.
Là, là, Déesses là : n'entrez que deux à deux :
Peste ! Que de caquet ! Que de bruit en ces lieux.
Si toutes à la fois vous y vouliez paroître !
    Entrez, vive & belle Clio,
Muse autrefois si grave, aujourd'hui si galante
Vous grave maintenant & toujours raisonnante
Accompagnez ses pas, Philosophe Erato.

LE GOUT *surpris.*

Que vois-je ? Quoi ! C'est là la Muse de l'histoire
Et celle qui jadis présidoit aux Amours ?

MOMUS.

    L'ami, parle-nous sans détours
Leurs traits bien autrement sont peints dans ta mé-
    moire
Si tu les reconnois c'est grace à mon secours.

LE GOUT.

Et d'où vient fur vos fronts ce changement extrême ?
Pourquoi confondre ainfi vos mirthes, vos lauriers ?

CLIO.

Loin de nous cenfurer, applaudiffez vous-même ;
Nous changeons d'attributs en changeant de métiers.
   Jadis morale & politique
Je peignois les heros, leurs vertus, leurs exploits,
Et déployant aux yeux ce tableau fimbolique
Jéclairois les fujets & je formois les Rois.
J'inftruifois, il eft vrai ; mais qui veut qu'on l'inf-
  truife ?
    Sterile honneur ! vaine entreprife !
L'éclat de ton rival a féduit les mortels
Et je les voyois tous négliger mes Autels
Si je neuffe au plûtôt réformé ma fotife.
Je conçus le bon ton & foudain j'empruntai
Pour ranimer un peu ma débile puiffance
De la tendre Erato, les traits & l'élegance.

MOMUS *au Goût.*

  Te ferois-tu jamais douté
  D'un pareil effort de prudence ?

CLIO.

  J'affaifonnai tous mes écrits
De fon fel pétillant, de fes graces badines,
Je ne fus plus que ftras, que pompons, & que mi-
  nes,
Et jugez fi je fus la fureur de Paris.

Plus de ces grands combats, de ces fieres tempêtes,
De ces affreux renverſemens
Qui frapent ici bas les plus ſuperbes têtes.
» Plus de profonds raiſonnements ;
Mais des ſpectacles, mais des fêtes ,
» Des propos tendres & charmants
Des Heros qui ne ſont qu'Amans
Leurs ſoupirs & non leurs conquêtes.

LE GOUT.

Quoi ? Vous ne parlez plus de ces événements
» Qui ſeuls peuvent reſter aux faſtes de mémoire ,
» Qui ſont pour nos neveux le cachet de l'hiſtoire
» Et ſeuls dans l'avenir fixent l'ordre des tems ?

MOMUS.

Ah ! J'y ſuis : Tu voudrois des Sièges , des Batail-
les ,
Des Vainqueurs, des Vaincus , des Heros pour
fendeurs
Que décrivent chez eux de paiſibles Auteurs :
Nous n'avons plus de goût pour tant de funerailles,
Si la poſtérité veut ſçavoir ces hauts faits
Elle en peut lire nos extraits.

LE GOUT.

Vous prononcez , Momus , un Arrêt authentique ;
Et j'aurois tort aſſurement
De la taxer d'égarement
Puiſque le Dieu de la critique
Encenſe ſon aveuglement.

Eh bien, vous Erato, parlez : quel avantage
  Reçutes vous de vôtre sœur ?
  En lui donnant vôtre douceur,
Vos graces, vos attraits, & tout vôtre appanage ?

ERATO.

Moi ? j'ai pris sa grandeur, son froid, sa gravité,
  Et voyant qu'il n'est plus d'usage
  De parler au cœur son langage
Je me fais à propos un jargon médité :
» J'affecte sensément un subtil verbiage
» Je tire tout mon prix de mon obscurité
» Et proscris loin de moi d'un galant badinage
  La tendre & naive beauté.
Je trace des Romans secrets & politiques
Où raisonne le sexe, où disserte l'Amour
Et qu'il est du bel air de croire allégoriques ;
  Des Anecdotes historiques
Où vous lisez au clair l'étiquette du jour ;
Des lettres, des portraits, des mœurs, des carac-
  teres,
Des Fables, des Chansons, surtout des Opéras
Où la Métaphisique étale à chaque pas
  La profondeur de ses misteres.
» Aussi rend-on hommage à mes nouveaux apas,
» J'ai lieu de me louer de ma métamorphose.
» On respectoit Zaïde, on ne la lisoit pas,
  » Et l'auditeur dans l'embaras
» En admirant Quinault bailloit à bouche close
  » Aujourd'hui c'est bien autre chose...

MOMUS.

» Oh ! de ce côté-là vante moins tes succès,

» Ils font depuis longtems bien minces , bien frivo-
    les ,
» Et pour peu qu'aujourd'hui l'on fache le François
» Du Lirique moderne on fifle les paroles ;
        » Le plus fécond de tes Auteurs
» Dans ce genre maudit ne rime qu'à la ferpe
» Et fi l'on voit jamais courir les amateurs
        » Ce n'eſt que pour entendre Euterpe.

LE GOUT.

Ah ! je n'en doute plus : je vois que dans Paris
Le venin de la mode enyvre les efprits.
Mufes , reconnoiffez mon culte & vos vertiges ,
Vous , Clio , diffipez ces indignes preftiges ;
Eclairez , inftruifez , ramenez parmi nous
Ces graves Ecrivains ; ces vertueux de Thous.
Vous auffi revenez de votre ridicule ;
Rappellez les talens dont l'amour vous fit don ,
Erato , badinez avec Anacréon ,
        Et foupirez avec Tibulle.

C L I O faifant la révérence.

Oh ! le bon fens excede , & donne des vapeurs.
        Elle fort.

ERATO de même.

Les foupirs , les fadeurs degradent un bon Livre.
        Elle fort.

MOMUS.

C'eſt la mode qui plaît & qui polit nos mœurs ;
        C'eſt le feul Dieu qu'il nous faut fuivre.

S C E N E V.

LE GOUT, MOMUS, EUTERPE.

M O M U S *vers la couliſſe.*

A vous, Euterpe, entrez : par votre art en-
chanteur
Egayez, s'il ſe peut, ce triſte ſermoneur.

EUTERPE *entre vivement , & chante ſur*
l'air Zerbinotti, d'oggi dì, *Du Chinois.* N° 1.

Venez, mon Peuple fidele,
La nouveauté vous appelle ;
Venez, François, aimables fous,
Elle eſt brillante comme vous,
Vous êtes légers comme elle.

LE GOUT.

Dieux, quelle étrange nouveauté !
Eſt-ce Euterpe, ou plutôt n'eſt-ce point la folie
Qui vient d'un ton précipité
Traveſtir en François les frédons d'Italie ?

EUTERPE, *ſur l'air* , Belle Angelique.
Roland. Acte 2. Sc. 2.

Eſt-ce le Dieu du Goût que je vois en ces lieux ?

Ah ! je lui vais offrir mon hommage & mes vœux.

Au G O U T *, sur l'air*, Quand on vient dans
ce boçage. *Roland. Acte.* 4.

Sur le théâtre lyrique
J'éprouvois mille rigueurs ;
Un vertige épidémique
M'enlevoit mes spectateurs ;
Mais la moderne Musique
M'a rendu des amateurs ;
Sur le Théâtre lyrique
Je reçois mille faveurs.

LE GOUT.

Mais c'est là du Lulli ; ma joie en est extrême.
A ces derniers accens , ce chant simple & vainqueur,
On reconnoît bientôt la Musique du cœur :
O , Muse , puissiez-vous chanter toujours de même !

M O M U S *riant.*

Tu crois donc qu'elle chante ? Oh , le trait est char-
mant ,
Il prend cela pour mélodie !
Mais tu n'as donc point lû la belle rapsodie
Du petit Prophete Allemand ?
Ce n'est pas même psalmodie :
C'est son parler tout simplement.

E U T E R P E *chante sur l'air*, Le langage des
yeux ; *des Fêtes Vénitiennes.*

Le langage du cœur, dicté par la nature ,

Dans mes tendres accens vous peignoit ses appas ;
Mais qu'en sert la peinture
Si le bon ton ne l'admet pas ?

M O M U S.

De ses charmes nouveaux admire l'élégance ;
De la parole au chant goûte la diférence.

E U T E R P E , *fur l'air,* Vuò dirlo à baſſo, baſſo. *Du Maître de Muſique.* N°. 2.

Voici mon ſecret, tout bas, tout bas, tout bas.
Quand l'auditeur ſommeille
Je fais faire un grand fracas
Et mon orcheſtre à tour de bras
Malgré lui le reveille.

M O M U S *au Goût.*

Entre nous, dans ces Opéras
Des fameux Atilla, des divins Pergolezes,
A la beauté du chant le vers ne répond pas ;
Et comme nous voulons bannir toutes fadaiſes,
Nous avons ſagement concerté, projetté,
De leur coudre au plûtôt des paroles françoiſes,
Et la Muſe en fait là qui ne ſont pas mauvaiſes
Pour en faire au public ſentir l'utilité.

L E G O U T.

Eh ! qui n'adopteroit de ſi juſtes penſées !

MOMUS.

MOMUS.

Pour mieux saisir le vrai de ce chant merveilleux
Prenez quelque Duo, vous chanterez vous deux.

LE GOUT *se récriant à la vue d'une partie que lui offre Euterpe.*

Dieux ! que de notes entassées ;
Croches, triples croches pressées
Diezes & Bemols font graves, font aigus,
Du joyeux au plaintif des sauts inattendus ;
Je m'y pers : Quel amas confus !
Quel indéchifrable grimoire !
Graces à vos succès imprevus
Je n'ai ni bon sens ni mémoire,
Je savois la musique & je ne la sçais plus.

MOMUS *lui otant le papier.*

» Cen est trop : l'ignorance est bientôt rebutée.

EUTERPE *prenant un autre Duo.*

» Eh bien qu'il prenne celui-ci.
» La musique en est simple...

MOMUS *à part.*

Et plus à ma portée.

haut.
» Je vais chanter moi-même : il est très bien choisi ;
au Goût
» Toi, va-t-en, si tu veux, dormir avec Lulli ;

B

à Euterpe.

» Commençons : (*il prélude.*) j'ai la voix & brillante & flutée.

EUTERPE & MOMUS *chantent*

» *Une Parodie de l'air* Sei compito & sei
Bellino ; *Du Chinois.*

EUTERPE.

» Oui , vous avez un air vainqueur ,
» Tendre , galant , vif ; mais d'honneur
» Vous n'êtes point mon affaire.

MOMUS.

» Vous avez des traits , un minois ,
» Beaucoup d'esprit ; on a ses droits ,
» Et l'on prétend bien vous plaire.

EUTERPE.

» M'aimeriez-vous , petit trompeur ?

MOMUS.

» A la fureur.

EUTERPE.

» Vous me trouvez donc bien jolie !

MOMUS.

» Sur ma vie.

EUTERPE.

» Vous êtes fou.

MOMUS.

» De vous, mon bijou.

EUTERPE.

» Oh ! tant pis , je fuis cruelle ;

MOMUS.

» Chanfons : à demain , la belle.

Euterpe, ⎰ » Oui , oui , je fuis cruelle ;
Momus. ⎱ » Non, non ; à demain , la belle.

MOMUS *au Gout*.

» Eh bien , que nous dis-tu de ce petit morceau ?

LE GOUT.

Que je rougis pour vous de votre frénéfie ,
Et que votre Opéra lâchement facrifie
Le naturel & le vrai beau
Au vuide , au fard , à l'oripeau
De ce Burlefque d'Italie :
Et quand même Lulli par la néceffité
Où le reduifoit la foibleffe

D'un Orcheftre imparfait qui s'oppofoit fans ceffe
       A fon génie illimité,
       Peut-être par délicateffe,
Eût mis dans fes accords trop de fimplicité.
Quel befoin auriez-vous des travaux d'Aufonie ?
Ne poffédez-vous plus ce moderne Amphion,
       Ce pere de la Symphonie,
Qui parvenu d'abord à la perfection,
       Pour coup d'effai fit Aricie,
       Et qu'on vit dans Pigmalion
Elever jufqu'aux Cieux la fublime harmonie !

MOMUS.

Oh ! nous le refpectons ; fon talent eft joli ;
       Il a d'ailleurs de la fcience :
Mais auffi quelquefois par pure complaifance
       Nous lui cédons un vendredi.

LE GOUT.

De fes rares travaux c'eft donc là le partage !

MOMUS.

Il ne tiendroit qu'à lui de briller davantage ;
Eh, que ne devient-il un de nos protégés !
Qu'il ceffe d'étonner, & qu'il nous faffe rire.
Platée auroit bien pû nous gagner, nous féduire ;
Mais les traits du Burlefque y font trop ménagés.
Que fans borne à ce genre il confacre fa lyre,
Et qu'il donne au Public des *Jaloux corrigés.*

LE GOUT.

Quel abus !

MOMUS.

Après tout le conseil est unique :
Ma foi, tout son grand style est bien decrédité ;
Le François chaque jour revient de l'héroïque.
Fêtes de Polymnie, Opéra si vanté !
On admira huit ans votre éclat chimérique ;
Le Bouffon a paru : sa celeste Musique
Dans la nuit du tombeau vous a précipité.

LE GOUT.

Quel affreux ridicule, & qu'il vous deshonore !

MOMUS.

Oh ! toujours exhaler ton auguste douleur !
Silence ; voici Terpsicore
Qui sçaura réparer les crimes de sa sœur.

SCENE VI.

LE GOUT, MOMUS, EUTERPE, TERPSICORE, *qui entre en faisant des sauts & des gambades.*

LE GOUT.

A ces bonds, à ces sauts, à cette extravagance,
Ah ! je ne vois que trop ce qu'il faut que j'en
pense.

Terpsicore approche sur un air tendre de Lulli.

Mais d'une autre façon je la vois approcher ;
Quelles graces, quels pas !

MOMUS.

Et toi, quelle ignorance !

LE GOUT.

Oh ! j'y suis : cette noble danse
N'est à présent que son marcher.

TERPSICORE *au Gout.*

Je viens vous donner une fête,
Un Ballet des plus vifs & des plus élegans ;

Tandis que ma troupe s'apprête ,
Jugez encor , jugez de mes nouveaux talens.
Elle danse encore en ridicule.

LE GOUT *l'interrompant.*

Arrêtez : est-ce là cette Danse si belle ,
      Qui par ses divers mouvemens ,
Toujours de la nature expression fidele,
      Aussi vraie , aussi simple qu'elle
Peignoit les passions, rendoit les sentimens.
,, Sautillante aujourd'hui , fausse , artificielle...

MOMUS.

,, Ah, je t'y prends encor , raisonneur ennuyeux !
,, La Danse selon toi doit être la peinture
      ,, De la vraie & simple nature.
,, Mais la nature enfin se varie à nos yeux.
,, N'offre-t-elle par tout qu'objets majestueux ?
      ,, Sans doute elle est plus éclatante
,, Lorsque le Brun nous peint les Héros & les Dieux ,
      ,, Mais en est-elle moins frapante
      ,, Lorsqu'en un vallon écarté
,, Le riant Ticien , à notre œil enchanté ,
      ,, Peint une Chevre bondissante ?

LE GOUT.

      ,, Belle replique assurement,
      ;, Juste , solide , concluante.
      ,, Oh ! Momus , la Danse regnante
      ,, Pour la comparaison brillante
      ,, Vous doit un beau remercîment.

B iv

TERPSICORE *au Gout.*

Mais ſi vous aimez tant cette Danſe ennuyeuſe,
　　　　Qui ſe décore effrontement
　　　　Du beau nom de majeſtueuſe,
Nous vous en donnerons, & très-facilement.
Il eſt encor pour vous une jeune Danſeuſe
　　　　Qui trouve, je ne ſçais comment
Le ſecret de la rendre aimable & gracieuſe,
Et que le ſot vulgaire applaudit conſtamment.
J'ai voulu la guérir de ſon entêtement ;
　　　　Mais la petite précieuſe,
Des ſuccès de la Roſe encor toute orgueilleuſe,
S'obſtine à demeurer dans ſon égarement.

MOMUS.

Et ce fameux Danſeur, cet homme ſurprenant,
Ainſi que ta Danſeuſe à tes ordres rebelle,

TERPSICORE.

Il a quitté, . . .

MOMUS.

　　　　　Très-ſagement ;
Qu'avoit-on beſoin de modele ?

TERPSICORE.

Qu'en eſt-il arrivé ? Le Public aujourd'hui,
En ne le voyant plus, ne penſe plus à lui.

Il en pourroit faire autant d'elle:
Va, tes charmes ailleurs feront mieux protégés;
Il eſt trop endurci dans ſes vieux préjugés;
Réſerve pour Plutus ta fête & tes hommages.
Plutus ſçait comme il faut eſtimer le talent:
Envain quelques jaloux recuſent ſes ſuffrages,
Qui ſçait recompenſer eſt un Juge excellent.

SCENE V.

Les Acteurs précédens; CALISSON,
Bouffon.

EUTERPE *courant à lui. Sur l'air,*
Un charme dangereux. *Roland, Acte II,*
Scene premiere.

AH, voici Caliſſon, que Paris idolâtre,
Le Roi, le Dieu des bons Chanteurs;
C'eſt lui, Seigneur, c'eſt lui, dont les ſons en-
chanteurs
Rendent la gloire à mon Théâtre.

CALISSON, *d'un air furieux.*

Je vous viens, belle Euterpe, annoncer nos malheurs;
On forme contre nous une ligue puiſſante,

B v

On n'en croit plus nos protecteurs ;
On berne nos amis, on rit de leurs clameurs,
On a presque sifflé notre *Fausse Suivante.*
Mais ne vois-je pas là votre vieux goût François ?
On prétend que c'est lui qui sourdement cabale,
     Et dont l'influence fatale
     Veut s'opposer à nos succès ;
Il a beau fulminer, il faudra qu'il détale.

   Sur l'air du Joueur, Oh , ché risa ! &c.

    Oh , le vieux loup ! le vieil hibou !
       Oh , le grigou !
Ah , qu'il est drôle , ah qu'il est fou
De vouloir nous casser le cou.
    Oh , le plaisant animal !
     Brutal , cheval ,
     Cheval , brutal ,
     Brutal , cheval !
Va , nous avons tiré nos frais ,
Mets un obstacle à nos progrès ;
Nous nous moquons de tes arrêts ;
Nous tenons l'argent du François ;
C'est pour nous le principal.
   Oh , le vieux loup. &c.

LE GOUT.

C'est donc là ce héros , l'objet de votre hommage ?
Qu'il ne se vante plus d'un triomphe incertain ,
    Au milieu d'un Peuple volage ,
Qui d'une main bâtit , & qui de l'autre main
    Défait lui-même son ouvrage.
Va , je sçaurai bien-tôt lui dessiller les yeux :
    Et pour l'honneur de ta Patrie

Je lui ferai fentir la diftance infinie
De ton Burlefque monftrueux,
A la grande & noble harmonie,
Qui feule des Auteurs fameux
Eternife chez nous la gloire & le génie.
Il rougira de voir fur fa Scene avilie,
Au lieu d'un Chant majeftueux,
Le jeu bas & rampant des farces d'Italie;
Et de vils Baladins au Théâtre des Dieux.

MOMUS *à Califfon*.

Va, laiffe-le vanter fon Théâtre harmonique,
Songeons à profiter du tems;
Nous fçaurons bien, malgré fes dents,
En faire un Opéra-Comique.

LE GOUT.

Quel opprobre, grands Dieux, pour la fcene lyrique!
Ah! n'eft-ce point affez pour nourrir ma douleur
De ces modernes parodiftes
Du faux goût en tout genre infipides copiftes,
Qui n'occupent chez vous l'efprit de l'auditeur
Que de mots, de lazis, d'obfcures mafcarades,
Et vont femant les pafquinades
Sur les fruits immortels du talent créateur;
» Echos du mauvais ton, pere du batelage,
» Qui pour fixer les fpectateurs
» Honteux de leur propre fuffrage
» Par des riens faftueux furprenent leur hommage,
» Et couvrent leur néant de pompons & de fleurs?

MOMUS.

Ne quitteras-tu point ce ton trifte & fauvage?

B vj

EUTERPE *chante.*

Noté , N° 3.

Còsì , Còsì , mi piace
Questa è la moda : và ben còsì. *du Chinois.*

CALISSON *repond.*

Cara , voisiete d'ottimo gusto.

MOMUS.

Cen est assez pour vous : rentrez.

*CALISSON s'en va en comptant de l'argent
dans son chapeau. & en chantant.*

Quanto và , quanto và , quanto và ché me la fà.

SCENE VIII.

LE GOUT, MOMUS

MOMUS.

On entend un grand bruit.

MAIS justes Dieux !
Quelle rumeur épouvantable !
Quel bruit ! quel tapage effroyable !

LE GOUT.

Eh c'eſt apparemment ce fou, ce furieux
    Qui ſe débat, qui ſe démene.

MOMUS.

Oui ſon Diable Boufon, au ſortir de ces lieux
    L'agite en franc energumene.
Le vacarme redouble, approchons doucement :
Ah parbleu c'eſt Thalie & ſa ſœur Melpomêne
    Qui ſe querellent vivement.
Ecartons nous, craignons les vapeurs d'Hipocrêne
    Et prenons garde ſagement
Qu'un trait de poignard n'enſanglante la Scene,
Quels geſtes ! Quels regards ! Quels yeux étince-
    lans !

LE GOUT.

Ecoutons les de loin ; leurs reproches ſéveres
Pourront me découvrir leurs mœurs, leurs caracteres
    Et méclairer ſur leurs talens.

SCENE IX.

LE GOUT, MOMUS *au fond du* Théâtre, THALIE, MELPOMENE

MELPOMENE.

QUE dites-vous, grands Dieux ? quelle audace
    infolente !
Quoi c'eft vous qui rendez ma Scène floriffante !
Ma grandeur n'eft point faite aux affrons du mépris :
Bornes de l'univers reculez à mes cris :
Cieux ! ô Cieux ! fouffrez-vous qu'une indigne ri-
    vale
Sans refpect pour mon rang, jufque-là me ravale ?

THALIE.

Eh mon Dieu, ma tragique fœur,
Quittez la morgue & la menace ;
Et dans tous vos propos, de grace,
Mettez un peu plus de douceur.
Auffi bien, que fert la fureur ?
Fuffiez-vous cent fois plus cruelle,
Euffiez-vous les yeux plus hagards,
Comme vous, je fuis immortelle
Et ne crains point tous vos poignards.

MELPOMEᴵˡˡᵉE.

O Ciel *!* la raillerie eft jointe à l'ᵍᵉpudence *!*,
Où font les titres vains de ta prééminence ?
Crois-tu qu'on facrifie à ton lierre groffier
L'éclat majeftueux de mon divin laurier !
Apprens à te connoître : apprens qu'une puinée
Ne doit point ufurper les droits de fon aînée.

THALIE.

Il n'eft pas encor décidé
Que je fois bien vôtre cadette ;
Mais quand ce frêle honneur vous feroit accordé
En fuis-je moins jolie & vous moins contrefaite !
Raifonmons : point tant d'âprêté ;
Pour moi, je n'aime plus qu'à rire,
On fçait ce qu'il m'en a couté
Pour avoir auffi lamenté
Pendant je ne fçai quel délire
Dont le Parterre dégouté
M'a bientôt contrainte à profcrire
L'infuportable dignité.
Mettez donc treve à la fierté
Moins de mépris, point de colere,
La fureur ni la majefté
Ne feront rien à votre affaire.
Vous n'avez plus ces grands Auteurs
Qui par les fruits divins de leurs fçavantes veilles,
Étonnoient, pénetroient, charmoient les fpecta-
teurs.
Qu'avez-vous ? des mots, des clameurs ?
Ce font là toutes vos merveilles
Vous ne dites plus rien aux cœurs
Vous ne parlez plus qu'aux oreilles.

MELPOMENE.

Avant que je m'abaisse à me justifier ,
Réponds : as-tu rougi toi-même d'oublier
Tes modéles fameux , tes illustres Molieres ?
Des hommes à présent , peins - tu les caractéres ?
Voyons-nous sous tes pieds leurs vices abbatus ?
Es-tu toujours pour eux l'Ecole des vertus ?

THALIE.

Non , j'ai quitté mon grand modéle ,
J'ai perdu mes vrais attributs ;
Mais on n'est pas toûjours fidéle
A ce qu'on estime le plus :
J'en conviens ; Il est des abus ,
Les ridicules font extrêmes ,
Toujours regnans ; presque les mêmes ,
Tels que Moliére les eût peints ;
Il est encore dans notre âge
Des Mascarilles, des Dandins,
Des Sganarelles , des Jourdains ;
Mille gens retracent l'image
Des Harpagons , des Trissotins :
Le mauvais ton des Turlupins ,
Etoit celui du persiflage ;
Mais enfin il n'est plus d'usage
De désabuser les esprits :
On ne veut plus être repris :
Il est trop honteux d'être sage,
J'ai vû que le leger François
Ne vouloit plus que badinage ,
Que semillant , que feux folets ,
Qu'un raisonné papillonage ,
Philosophique verbiage ,

Orné de chants & de ballets.
Il falloit fixer son suffrage,
Et j'ai fardé tous mes attraits,
Pour plaire à ce Peuple folâtre,
J'ai fait vernisser mon Théâtre ;
Surtout j'ai des Danseurs parfaits,
Et comme on ne rougit jamais
D'user de quelque politique,
Pour s'assurer de grands succès,
J'emprunte à l'Opéra-Comique.
Qu'importe ? Ces riens décousus,
Ces fruits nouveaux de ma folie
Sont plus fêtés, sont mieux reçus
Que ne le fut même Athalie :
Ma Sœur, ne me parlez donc plus
Des vieux tems de votre excellence,
Vos anciens titres sont perdus ;
Et je vous soutiens mordicus
Q'aujourd'hui j'ai la préférence ;
On vous sifle, & l'on m'aplaudit :
Ce sont là tous mes droits ; j'ai dit.

MELPOMENE, *avec force.*

Eh quoi ! peux-tu penser qu'un tas de bagatelles
Puisse éclipser jamais mes beautés immortelles !

THALIE.

Un ton plus bas, ma grande Sœur ?
Où donc est le charme vainqueur
De ces beautés surnaturelles
Qu'on voit glacer le Spectateur ?

MELPOMÉNE.

Eh quel tems fut jamais si fertile en Miracles !
Quand ai-je avec grandeur mieux dicté mes oracles ?
Pour mon culte divin quel tems plus fortuné !
Chaque Auteur en nos jours est un tragique né.

THALIE, *d'un ton emphasé.*

Eh ! qui ne connoit pas ces Drames admirables,
D'un trône *inébranlé*, soutiens *inébranlables ?*
Ces fiers Usurpateurs, Tyrans empoisonnés,
Instruits à rendre l'ame aux moments ordonnés.
Oh ! ce ne sont pas là vraiment de ces *miséres*,
Que durant notre enfance ont encensé *nos Peres.*
Que je vous plains ! Car entre nous
Vous ignorez le vrai terrible :
L'amour dans vous n'est que fadeur ;
Vous ne nous offrez qu'une horreur
Rebutante, inintelligible,
Qui faute d'aller jusqu'au cœur
Devient & frivole & risible :
Enfin, avec votre Phébus,
Vous vous éloignez encor plus
De *Rhadamiste* & de *Mérope*
Que je ne m'éloignai jamais
Du naturel & des portraits
De *Tartuffe* & du *Misantrope* ;
Vous avez sans honte immolé
Votre abondance au remplissage,
Votre sublime au boursouflé ;
Maintenant tout votre partage
N'est qu'un style lâche, empoulé. . .

MELPOMENE, *l'interrompant.*

Le ferpent de l'envie en ton cœur a fiflé ;
(*elle tire fon poignard.*)
Mais ç'en eft trop enfin : cet excès d'infolence.

THALIE, *fe fauvant.*

Fuyons : je crains la rime.

MELPOMENE

      Aura fa récompenfe.
„ Je veux malgré le Ciel & la fatalité
„ T'arracher à jamais ton immortalité.

MOMUS, *lui arrachant le poignard, & jouant le coup de Théâtre.*

Arrête : quel tranfport ! O Mufe fanguinaire !
C'eft ta Sœur, fouviens-t'en.

MELPOMENE.

     O Ciel ! qu'allois-je faire ?
Mais après tout, Momus, elle ofoit m'outrager.

THALIE.

Moi ! C'étoit pour fon bien que je me moquois d'elle

MOMUS.

   Nous écoutions votre querelle :
Reconnoiffez le Goût, le Dieu va vous juger.

LE GOUT.

Vous prouver vos erreurs par de fimples paroles,
  Ce feroient propos fuperflus :
  Toutes les deux vous êtes folles ;

　　à Thalie.　　　　*à Melpomene.*
  Vous un peu moins , vous beaucoup plus;
  Votre deftin que je déplore
  Exigeroit bien d'autres foins.

M O M U S.

Allez , & toutes deux prenez de l'Ellebore ,

　à Melpomene.　　　*à Thalie.*
  Vous beaucoup plus , vous un peu moins.
　　　　　　　　　　Elles fortent.

SCENE X.

LE GOUT, MOMUS.

CALLIOPE. } *Muettes & parées*
POLYMNIE. } *de Guirlandes.*

MOMUS, *au Goût.*

ÇA, tu viens d'essuyer un horrible tapage,
    Mais tu vas avoir du répit ,
    Car en voici deux qui , je gage,
    Ne te feront pas tant de bruit.

LE GOUT.

Eh quoi ! N'est-ce pas là la Muse de l'Epique ,
Et celle qui préside à l'Art des Orateurs ?
    Quel éclat vif & magnifique !

MOMUS.

Oh ! ne t'y trompe pas : cet éclat fantastique
    Ne part que des brillantes fleurs
    Qui couvrent leur Cadavre étique.

LE GOUT, *voyant leurs signes.*

Elles voudroient parler :

MOMUS.

Elles ont beau vouloir.

LE GOUT.

Ah, j'entends : ce point là n'eſt plus en leur pou-
voir.
,, Depuis que du faux goût on encenſe l'Idole ,
,, Les deux Sœurs tout-à-coup ont perdu la parole.

MOMUS.

,, Tout juſte : & même ſans eſpoir
,, De recouvrer leur premier rôle.

LE GOUT.

,, Ah ! depuis trop long-tems j'ai prévû leurs malheurs.

MOMUS.

,, Le mal n'eſt pas ſi grand pour cette Polymnie.
    ,, Que nous importent des Rhéteurs ,
,, Qui de leurs lourds propos éternels rêſſaſſeurs ,
    ,, Loin de la bonne Compagnie
    ,, Vous paſſent triſtement la vie ,
,, Sans plaiſirs, ſans talens, ſans graces, ſans Lecteurs.
    ,, Pour Calliope , c'eſt dommage ;
,, Les Cochins , les Normands , Fléchier & Maſſil-
lon,
    ,, Et Bourdaloue , & Fénélon ,
,, Et de ce Boſſuet le céleſte langage ,
,, Sont encor regretés chez les gens du bon ton ,
    ,, Pour Calliope, oui , c'eſt dommage.

LE GOUT.

,, Mais quoi ! Ce genre merveilleux,
,, Vaste, sublime, Pathétique,
,, Qui célébre les Rois, les Héros & les Dieux.

MOMUS.

,, Eh ! laisse-là ces noms pompeux ;
,, Tu me voudrois parler de l'Ode, de l'Epique ;
,, On ne croit plus à l'Heroïque
,, Et de côté-là nous sommes peu fameux :
Le François, comme un autre, admiroit *l'Iliade* ;
,, Mais borné sagement à l'admiration,
,, Il laissoit l'Etranger en égaler le nom ;
,, Nous n'avons que la *Henriade*,
,, Chef-d'œuvre de notre Art, premier & dernier son
Qu'ait formé sur notre hélicon
montrant Calliope.
,, Cette Muse chez nous insipide & maussade.

LE GOUT.

,, Et l'Ode, qu'en dit-on !

MOMUS.

L'Ode! au rang du Sonnet !
,, Notre gentil Rousseau l'avoit mise à la mode ;
,, Mais comme dans ce genre on suit peu sa méthode,
,, On en fait des milliers qui vont au Cabinet.
Les grands Autheurs ont fait retraite.
,, Qu'y faire ? au mauvais sort il faut qu'on se soumette :

„ Mille gens après tout s'en paſſent ſans effort :
„ Si quelqu'un eſt tenté d'en plaindre la diſette ,
    „ Qu'il ſe conſole avec les Morts.

LE GOUT.

„ Que je plains en tous points le deſtin de la France!
„ Quoi, le Pays des Arts !

MOMUS.

                    Mais pourquoi ces tranſports ?
Leur reprocherois-tu ce fortuné ſilence ?
Oh , parbleu , le bon ſens y trouve ſon profit ,
Les Muſes ſans parler en ſont moins indiſcrettes :
              J'aime aſſez les femmes muettes ,
              Elles en ont bien plus d'eſprit.
                              Elles ſortent.

LE GOUT.

Mais il nous reſte encor. . . .

MOMUS.

                    Ah , finis , je te prie ;
Il nous manque en effet ta ſublime Uranie ,
Si tu n'as pas juré de nous mettre aux abois :
              Diſpenſe-nous pour cette fois
Du fatras éternel d'une docte momie ,
Qui ne parle qu'Algebre & que Géométrie ;
Que ſottement encore on voit ſuivre tes loix ,
Et qui du long récit de ſes nouveaux exploits
Aſſomme ſans pitié la bonne compagnie.
Ses diſcours ſont trop beaux pour être bien compris ;
Moi, je ſçais tout cela ſans avoir rien appris.
                              LE GOUT.

LE GOUT.

Oh, pour le coup, Momus, vous êtes véridique,
　　Et vous m'avez fait assez voir
　　Que dans ce siecle la critique
　　Juge de tout sans rien sçavoir.

MOMUS.

　　La peste soit de l'incartade.
　　Avec ton air gauche & pésant;
Puisqu'en dépit du sort tu veux être plaisant,
　　Nous t'allons donner une aubade...
On entend un bruit de voix & d'instrumens.

LE GOUT.

Mais quel bruit! quel tumulte, & quels sons im-
　prévûs!
Est-ce encore un Bouffon?

MOMUS.

　　　　A peu près, c'est Plutus;
　C'est l'Intendant du Dieu suprême,
De ce Dieu ton rival, si justement cheri;
　　Mais un Intendant favori,
Son ami, son intime; enfin presque lui-même.

LE GOUT.

Ah, je le reconnois, c'est ce monstre orgueilleux,
C'est le Dieu corrupteur qui préside aux richesses.
Il vient, lorgnette en main, s'enyvrer des caresses,
　　De ses flatteurs fastidieux.

　　　　　　　C

SCENE II.

LE GOUT, MOMUS, PLUTUS, *Chœur de Courtisans.*

PLUTUS *entouré de monde.*

EH, de grace, Messieurs, permettez qu'on res-
  pire :
Mais je suis obsédé, j'étouffe : quel martyre !
Je verrai... Je voudrois... Tout à vous... en
  honneur...
Trop heureux... Soyez sûr... Allez... De tout
  mon cœur...
Messieurs les beaux esprits, vous donnez une fête ?

Un Chœur de Courtisans.

Monseigneur....

PLUTUS.

Oui, je la verrai,

LE CHŒUR.

Elle est brillante & toute prête.

PLUTUS.

Cela suffit : j'avertirai.

UN MUSICIEN, *un papier à la main.*

Monsieur ?

PLUTUS.

Que dites-vous ?

LE MUSICIEN.

           Monsieur , c'est l'Ariette. .'
Il divertimento. . . Le Chant m'a bien couté :
Les accompagnemens.

PLUTUS *lui jettant le papier.*

           Vous me rompez la tête.

LE MUSICIEN.

Monseigneur :

PLUTUS *se radoucissant.*

      Ah ! j'y suis : le bouquet présenté
A ma petite. . . Allez , il vous sera compté.

LE MUSICIEN *s'inclinant.*

Que je vous suis ! . . .

                C ij

LES ADIEUX DU GOUT,

PLUTUS.

Allez… Allez, allez….

LE MUSICIEN *fortant.*

Au Diable foit la bête.

PLUTUS *s'avançant à grands pas.*

Ah, Dieux ! toujours promettre , & toujours
    protéger !
Que l'on eft malheureux quand on peut obliger !
Bon jour, mon cher Momus, tu vas me faire rire.
Tien, la tête me fend, je fuis tout confondu,
Et fi tu n'as pitié de mon individu,
Je fens qu'au moment même il faudra que j'expire.

MOMUS.

Vous me comblez, Seigneur.

PLUTUS.

Je fuis fort amufé
Quand je te vois d'un air cauftique,
    D'un petit ton fin & rufé,
Répandre en ricanant ton humeur fatyrique :
J'eus mes raifons jadis pour craindre ta critique,
    Mais je fuis bien défabufé.

MOMUS *ironiquement.*

Ma critique, Seigneur ! que pourroit-elle dire ?
Ah ! vous n'êtes point fait pour avoir des jaloux !

Et la plus mordante satyre
Ne fait que blanchir près de vous.

PLUTUS.

Oui l'on peut se flatter, sans être ridicule
Qu'on n'est plus lourd comme autrefois.

MOMUS *à part.*

Comme il avale la pillule ?

PLUTUS.

De ces tons empesés qui sentent le Bourgeois
A nos gens de Province on laisse la défroque;
On a pris des façons, des airs ; on est galant,
Léger, badin, & persiflant.

MOMUS *à part.*

Enfin le ver à soie est sorti de sa coque.

PLUTUS *en lorgnant, apperçoit le Goût.*

Mais que vois-je ! quelle est cette figure là ?
Encor des protégés ! Oh, Momus, tu m'accables.
Que faut-il faire pour cela ?

LE GOUT.

Rien : je ne brigue point tes bienfaits méprisables ;
On sçaura tôt ou tard en connoître le prix :
Que par toi le faux gout étende son empire,
Qu'il regne, j'y consens : profite du délire
Où les travers du siecle ont plongé les esprits.

Que ce Peuple à jamais inquiet & frivole,
De toute nouveauté bruyant adorateur,
Se précipite en foule aux Temples de l'erreur,
Et coure avec furie encenser son idole :
Que par-tout de Bouffons , de Mimes entêté,
De ses Auteurs divins profanant la mémoire ,
Il immole sans honte en sa légéreté
L'Avare , & *Polieucte* , aux farces de la Foire.
,, Qu'enfin livré sans cesse à l'ardeur de changer ,
,, Dans ses goûts , dans ses Arts sans cesse il sacrifie
,, A l'instant , au futile , à la superficie ,
Le regne du clinquant doit être passager.
Je quitte ce séjour , & n'y veux reparoître
Que lorsque le François , transfuge du vrai beau ,
Lassé du joug honteux de ce tyran nouveau ,
Pour l'honneur de son nom voudra me reconnoître.

S C E N E XII & derniere.

P L U T U S , M O M U S.

P L U T U S.

JUSTE Ciel ! quel fracas ! mais j'en suis éperdu.

M O M U S.

Vous ne remettiez pas cette mine blafarde ,
Cet ancien Dieu du Gout ?...

PLUTUS.

> Ma foi je n'avois garde,
> Car je ne l'ai jamais connu.
> Oh ça, les Arts ici me donnent une fête :
> Je veux que tout conspire à mon amusement.

MOMUS.

Oui, ce sera je pense un remede charmant
> Pour guérir votre mal de tête :
Il faut bien à l'esprit quelque delassement.

PLUTUS.

> Allons, Momus, qu'on avertisse :
> Que les jeux, les plaisirs, les talens & l'amour
> Viennent me faire un peu la cour :
> Chantez, enfans, dansez, & qu'on me divertisse.

FIN.

DIVERTISSEMENT

DE PLUTUS.

LE s Jeux, les Plaifirs & les Beaux-Arts entrent fur la Scène, & viennent par quadrilles préfenter leur hommage au Dieu des Richeffes. Ils fe réuniffent pour former une Marche danfante. Euterpe s'avance avec Califfon & Plutus : elle chante l'Ariette, *Bouffons, foutiens de ma gloire, &c.* [*Notée, N°. 3.*] avec un accompagnement de trompettes. Un Danfeur & une Danfeufe forment un Pas de deux gracieux, auquel fuccede une Pantomime de deux Enfans Bucherons. On Chante le Vaudeville, [*Noté, N°. 4.*] & & le Ballet finit par une Contredanfe générale.

Fin du Ballet.

VAUDEVILLE

[*Noté*, N° 4.]

I.

MOQUONS-NOUS des regles févères
Que nous imposent les Frondeurs :
Soyons plus fages que nos Pères,
En jouissant de nos erreurs :
Que la folie enchantereffe
Succede en tout à la Raifon,
Le plaifir feul nous intereffe,
       C'eft le bon ton, c'eft &c.

II.

Jadis l'Amour pur & fincere
Fixé près d'un objet charmant,
Se nourriffoit dans le myftère,
Et refpiroit le fentiment.
Mais aujourd'hui près de fa Flore
Zéphire infulte à Céladon,
Il vole, il fifle, il s'évapore,
      C'eft le bon ton, c'eft &c.

III.

Autrefois l'Epoux indocile,
Martyr de fes foupçons jaloux,

C v

Pour garder fa moitié facile
Employoit grilles & verroux :
Mais dans ce fiécle plus aimable
Aux coups du fort il fe réfout ;
Venus, tu rends Vulcain traitable !
    C'eft le bon goût, c'eft &c.

I V.

Auprès d'une glace ennemie,
Héléne feule & fans appas,
Pleure de voir que fon Amie
Ait les attraits qu'elle n'a pas :
Bientôt l'orgueil confole Héléne,
On fe fait homme, on lit Platon :
On méprife une beauté vaine,
    C'eft le bon ton, c'eft &c.

V.

Un Suivant de Plutus.

Laiffons le trifte Diogéne
Efclave de la vanité,
Loin de Plutus traînant fa chaîne
Chanter fa fauffe liberté :
Pour nous, grands Juges que nous fommes,
A ce Dieu feul rapportons tout :
Au poids de l'or pefer les hommes,
    C'eft le bon goût, c'eft &c.

V I.

Pourquoi ceder à son injure,
Lorsque le tems change nos traits :
L'Art sçait remplacer la nature;
Le fard recrépit les attraits :
Suivons la mode & l'étiquette,
Bien plus que l'âge & la raison :
A cinquante ans être coquette,
     C'est le bon ton, c'est &c.

V I I.

Dans sa plaisante acrimonie,
En vain un sage des plus fous
Veut nous refuser l'harmonie,
Il en trouve encor parmi nous :
Car si l'Orchestre à son oreille
N'offre point d'agréable son,
Le sifflet du moins le reveille ;
     C'est son vrai ton, c'est, &c.

V I I I. & dernier.

AU PARTERRE.

De vos suffrages arbitraires,
Messieurs, dépend notre succès ;
Soit favorables, soit contraires,
Il faut souscrire à vos Arrêts :
Lorsque d'une voix unanime,
Le Spectateur condamne, absout,
Le Dieu qui le guide & l'anim e,
     C'est le bon Goût, c'est &c.

F I N.
                       Cvj

SCENE D'URANIE,

Entre la Scène de CALLIOPE *&* POLYMNIE, *& celle de* PLUTUS.

MOMUS *au Gout.*

Pag. 48. *Après le vers,* Elles en ont bien plus d'efprit.

MAIS je veux un moment foulager ta fouffrance,
  Tu me parois anéanti :
(*Aux deux Muettes.*)
Allez, retirez-vous : toi, reprends efpérance ;
  La docte Mufe que voici
  Te va prouver ton exiftence.

LE GOUT.

Momus, je reconnois cette noble fierté,
Qui jadis d'Uranie annonçoit la préfence :
Dieux ! ne feroit-ce plus qu'un éclat emprunté ?

URANIE, *d'un air majeftueux.*

(*Au Gout.*)
Je viens vous confoler, je viens vous reconnoître :
  Tout eft corrompu parmi nous :
Moi feule dans Paris n'ai jamais eu que vous
  Pour mon modele & pour mon Maître.

Le faux Gout chaque jour voit croître ses honneurs ;
Tout se rend, tout succombe à ses lâches amorces :
    Il a séduit jusqu'à mes sœurs.
Réunissons enfin mon pouvoir & vos forces
Pour proscrire à jamais son culte & ses erreurs.
Je vois fleurir ici mes hautes connoissances,
L'Europe avec envie admire mes succès,
Et ne peut concevoir que le léger François
Ait étendu si loin l'empire des Sciences.
J'ai gueri les esprits de leurs vains pré ugés ;
Mes travaux sont féconds & sont plus abrégés ;
J'écarte loin de moi l'embarras des systêmes ;
Fureur qui trop long-temps arrêta mes progrès :
Pour le bien des Mortels j'observe les effets
Sans vouloir remonter à leurs causes suprêmes ;
Et sans cesse étonnés, les Dieux voyent eux-mêmes
Mulplier par moi leurs immenses bienfaits.

MOMUS.

Vos travaux, il est vrai, sont profonds & fertiles ;
Vos Plantes, vos Métaux, vos Vers, vos Papillons,
De vôtre haut sçavoir, jolis échantillons,
    Au genre-humain sont fort utiles :
Aussi les va-t-on voir ; & les doctes Pourpris
    Où vous étalez vos chenilles,
Sont-ils de Curieux incessamment remplis.
Oh ! vous ne laissez pas de vendre vos coquilles !
Et l'Electricité, vous ne m'en parlez pas !
Pourtant dans le beau monde elle est toujours de
    mise ;
Pour le sexe sur-tout elle a beaucoup d'appas :
Quelle femme aujourd'hui ne veut qu'on l'électrise ?
Empêchez-vous toujours la foudre & ses éclats ?

Avec tes inſtrumens, tes Secteurs, tes Compas,
Tout ton ſçavoir inſupportable,
Cours charmer les Lapons, étonner les Incas,
Obſerve mieux encor les mouvemens de l'Axe,
Et va de Sirius fixer la parallaxe.

SCENE DERNIERE.

PLUTUS.

Juste Ciel! quel fracas, &c.
Après le vers, *Car je ne l'ai jamais connu.* Pag. 55.

Que faiſoit - il ici?

MOMUS.

Mais il étoit venu
De concert avec Uranie
Pour ſémer entre vous & nous
La diſcorde & la zizanie,
Pour débaucher nos cœurs & nous regagner tous.

PLUTUS.

Qu'il ait donc des tréſors, qu'il faſſe des largeſſes;
Je crains fort peu, mes chers enfans,
Que tant que j'aurai des richeſſes
Vous portiez ailleurs votre encens.

MOMUS *à part.*

Pour un ſot, la replique eſt parbleu de bon ſens.

PLUTUS.

Oh ça, les Arts ici, &c.

FIN.

ARIETTE DU CHINOIS
ZERBINOTTI D'OGGIDI.

No I.

VE- nez, mon peuple

fi- del-   le, La Nou- veauté vous ap-

pelle, La Nouveau-té vous ap-   pelle,

Ve- nez Francais, ai- ma-bles fous, Elle

eſt bril- lante com-me vous, Vous

ê- tes légers com- me elle, Vous ê- tes

lé- gers com- me elle. Ai- ma-

bles fous, Ai- ma- bles fous, Vous

ê- tes légers com- me elle ; Ve-nez ai-

ma-bles fous, Ve- nez

mon peuple fi-del- le, La Nou-

3

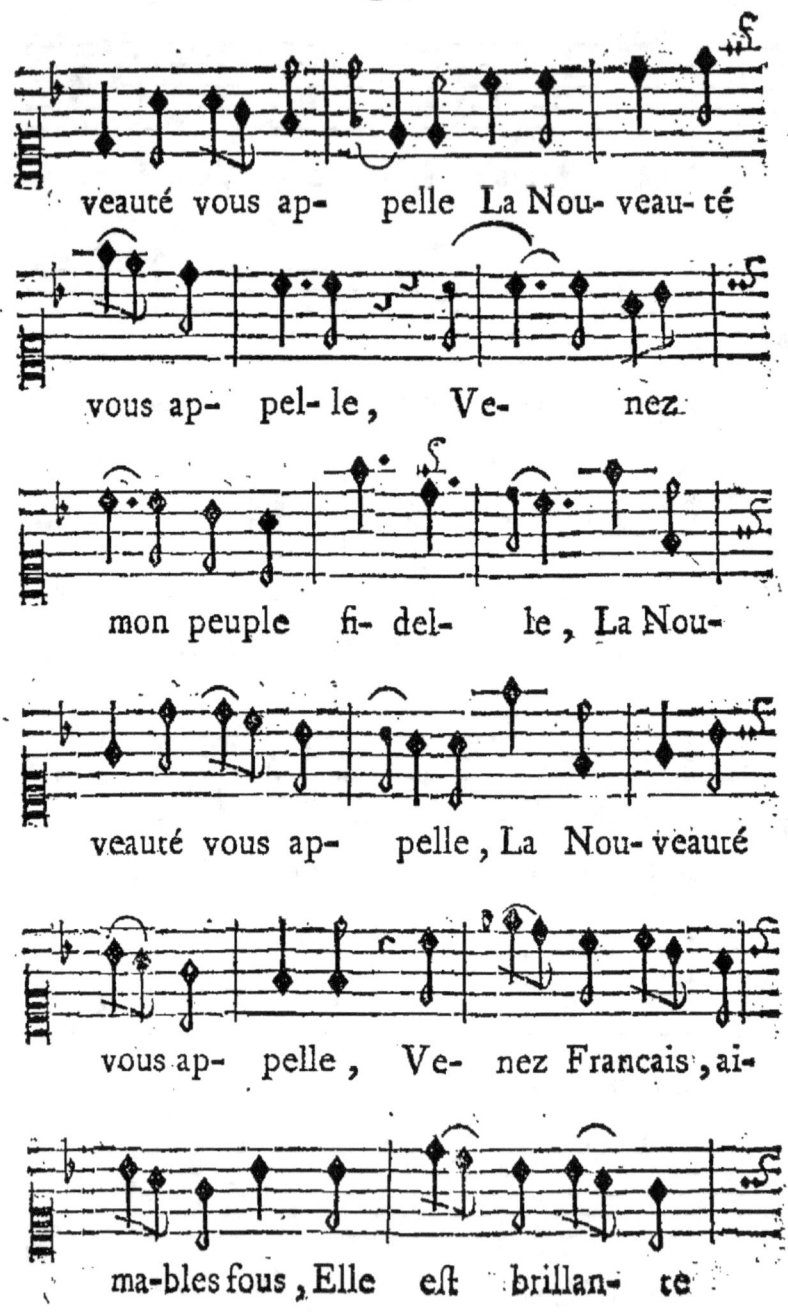

comme vous , Vous ê- tes légers comme

el- le ,   ai- ma- bles fous ,

ai- ma- bles fous , Vous   ê- tes

légers comme   elle , Vous ê-   tes lé-

gers comme elle ; ai- ma- bles fous , ai- ma-

bles fous , Vous ê- tes lé- gers comme elle ,

ai- ma-bles fous , ai- ma- bles fous , Venez,

Venez , ai-ma-bles fous.

ARIETTE du Maître de Mufique,

A I R. *Vuò dirlo a baſſo , baſſo , &c.*

Nº 2.

VOicy mon fecret tout bas,

tout bas, tout bas ; Quand l'Au-diteur fom-

meil- le, Je fais fai-:e d fra-

cas ;   Et mon   orcheftre à

tour de bras, Malgré lui   le ré-veille

Malgré   lui, Malgré   lui   le re-

veille. Et mon orcheftre à   tour de bras, Mal-

gré lui le ré-veil- le , Malgré lui le rê-

veille , Mal- gré lui le ré-veil-le.

7

Voi-cy mon secret tout bas.,

tout bas , tout bas; Quand l'Auditeur som-

meil- le , Je fais fai-re un grand fra-

cas, Je fais fai-re un grand fra-

cas; Et mon orcheftre à tour de bras, Mal-

gré lui le ré- veille , Mal- gré

8

lui, Malgré lui   le réveil-le. Et mon or-

cheftre à tour de bras, Mal- gré lui le ré-

veil-le,   Malgré lui   le ré-

veille ,   Mal- gré lui le ré-veille à

tour de bras.

Bouffons, foutiens de ma gloi- re,

Tri-om- phez

fous mes dra- peaux; Je

regne, Je regne mal-gré mes ri-

vaux: Affu- rez à ja- mais ma bril-

D

lan-

te victoi-

re. Bouffons, fou- tiens de ma

gloi- re, Triom-

phez,

en- mene a- vec

lui, La tri- ſteſſe & l'en-nui;

Ne ſuivons que Plu-tus, célé-

brons ſes largeſ-ſes; Il cherit nos ta-

Vivement;

lents, il les vante partout, Peut-il

ê-tre Dieu des ri-cheſſes Et n'être

pas le Dieu du Goût?

N° 4. *VAUDEVILLE.*

MOquons nous des regles fe- ve-res

Que nous im- pofent les fron- deurs,

Soyons plus fages que nos Peres,

En jouif- fant de nos er- reurs :

Que la Fo- lie en chan-te- reffe,

14

Succede en tout à la Rai- fon

Le Plai-fir feul nous in- te- reffe,

C'eft le bon ton, C'eft

le bon ton.

F I N

LE Magnifique, *Com.* avec un *Divert.*
Le Miroir , *Comédie.*
Le Bacha de Smirne , C.
L'Année Merveilleuse , C.
La Mort de Bucephale.
Le Pot-de-chambre caffé ,
  T. pour rire , & C. pour
  pleurer.
  de M. de Boiffy.
Le Retour de la Paix.
Le Prix du Silence.
La Frivolité , 1753.

Mahomet , *Tragédie.*
Benjamin , ou reconnoif-
  fance de Jofeph , *Trag.*
La double Extravag. *Com.*
Le Philofophe dupe de l'A-
  mour , *Comédie.*
Les parfaits Amans , ou les
  Métamorphofes , *Com.*
Alcefte , *Divertiffement.*
Les Petits-Maîtres , *Com.*
Le Provincial à Paris , C.
Les Fauffes Inconftan. C.
La Feinte fuppofée , *Com.*
Califte, ou la Belle Pén. T.
Mérope , T. *nouv. de M.*
  Clément.
Le Marchand de Londres ,
  Tragédie Bourgeoife.
Le Plaifir , C. *avec un D*
Vanda , Reine de Polo. T.

Les Souhaits , *Comédie.*
Momus Philofophe , C.
Electre d'Euripide , *Trag.*
La Partie de Campag. C.
Cénie , *Pièce dram.* 5 *Aü.*
La Colonie , *Comedie.*
Le Valet Maître , *Com.*
La Gageûre , *Comédie en*
  trois Aües & en Vers lib.
Les Mariages affortis , C.
La Coquette fixée , *Com.*
Le Réveil de Thalie , C.
L'École du monde , *Com.*
Le Retour de l'Ombre de
  Moliére , *Comédie.*
Varon , *Tragédie.*
Abaillard & Héloïfe , *Piè-*
  ce dramatique.
Les Engagemens indif. C.
La Métempficofe , *Com.*
L'École des Peres , *Com.*
Callifthène , *Tragédie.*
Les Courfes de Tempé.
Guftave , *Tragédie.*
La Métromanie , *Com.*
L'Héritier généreux , C.
L'Amante ingénieufe , C.
Les Veuves , *Comédie.*
La Fauffe Prévention , C.
Les Hommes , *Com.-Bal.*
Les Femmes , *Com.-Bal.*
Brioché , *Parodie.*
Les Adieux du Goût , C.
Le Retour du Goût , C.

OPERA-COMIQUES NOUVEAUX.

La Magie inutile.

Le Retour favorable, ou le Temple de Momus.
de M. Vadé.

La Fileufe, *Parodie.*

Le Poirier.

Le Bouquet du ROI.

Le Suffifant.

Les Troqueurs & le Rien.

Le Trompeur Trompé.

Le Recueil de Chanfon.

Ouvrages du même.

La Pipe caffé.

Les Bouquets.

Les quatre Mariannes.

Les Pelerins de la Mecque.

Le Roffignol.

Le Roffignol, de Rouen.

Le Miroir magique.

Les Fêtes de l'Hymen, ou la Rofe.

Le Calendrier des Vieil.

Le Monde Renverfé.

La Coupe Enchantée.

Les Filles.

Les Boulevards.

Le Plaifir & l'Innocence.

L'École des Tuteurs.

APPROBATION.

J'Ai lû par Ordre de Monfeigneur le Chancelier *Les Adieux du Gout*, & je crois que l'on peut en permettre l'impreffion. A Paris, ce 25 Février 1754.

CRE'BILLON.

Le Privilége & l'enregiftrement fe trouvent à la fin du choix de différentes Piéces Nouvelles, qui ont été repréfentées fur le Théâtre.

De l'Imprimerie de BALLARD, Seul Imprimeur du Roy pour la Mufique, & Noteur de la Chapelle de Sa Majefté.

www.ingramcontent.com/pod-product-compliance
Lightning Source LLC
Chambersburg PA
CBHW070808260626
47161CB00006B/2209